D1472924

CUENTO DE LUZ

Los momentos más emocionantes de nuestras vidas nos dejan sin palabras.
Conectamos con la naturaleza en silencio.
Cuando el lobo aúlla y el águila nos sobrevuela, todo está dicho.

— Ana Eulate & Nívola Uyá —

Águila que Camina: El niño comanche

© 2013 del texto: Ana Eulate
© 2013 de las ilustraciones: Nívola Uyá
© 2013 Cuento de Luz, SL
  Calle Claveles, 10 | Urb. Monteclaro | Pozuelo de Alarcón | 28223 | Madrid | España
www.cuentodeluz.com

ISBN: 978-84-15784-32-6

Impreso en China por Shanghai Chenxi Printing Co., Ltd., Julio 2013, tirada número 1381-3

FSC
www.fsc.org
MIXTO
Papel procedente de
fuentes responsables
FSC® C007923

Águila que Camina

El niño comanche

Ana Eulate ★ Nívola Uyá

Águila que Camina continuó su camino por el sendero.

Lo esperaban, como cada día al atardecer.

Contaba cuentos, historias narradas sin palabras.

Águila que Camina no hablaba,

pero con sus gestos, su expresión, su sonrisa y su mirada,

comunicaba todo lo que el que escuchaba necesitaba oír.

Era un niño zambo.

Nació así.

Cuando pudo ponerse de pie, siendo chiquito,
y mirar la forma que dibujaban sus piernas,
con la orientación de sus pies hacia el interior,
vio que tomaban la forma de

un corazón.

Pertenecía a la **tribu comanche,**
originaria de las Montañas Rocosas,
los llamados señores de las praderas,
pero también formaba parte de la naturaleza.

Águila que Camina se fundía con los árboles, se perdía entre los **bosques...**

Los **animales se le acercaban** y él, sin miedo, los miraba a los ojos,

...es daba de comer, los abrazaba y los bautizaba con un nombre.

«El niño nacido para cabalgar»

tenía piernas que formaban un corazón

para fusionarse con su alma gemela, su caballo pinto,

a lomos del que volaba galopando y llevando sus historias.

Avanzaba por el sendero
de **tierra roja.**

Un sendero que bordeaba un río. Un río que circundaba una cadena de montañas.

Águila que Camina llevaba en la cabeza su tocado de plumas.
Después de escuchar su cuento, cada tribu
le otorgaba ceremoniosamente
una pluma
de águila majestuosa
como obsequio,
como regalo,
como ofrenda
del legado
recibido.

Y todas esas plumas
de sus diferentes «hermanos»,
como a Águila que Camina le gustaba llamarlos,
formaban ese tocado especial:

el que coronaba su cabeza y acompañaba sus relatos.

Antes de llegar al lugar donde lo esperaban para escuchar su historia,

el niño comanche se sentaba en su banco imaginario hecho de hojarasca

y de arcilla mezclada con **recuerdos** diversos.

Allí cerraba los ojos,

descansaba, soñaba...

y entonces sentía un remolino interior,

como un torbellino de algo inexplicable...,

una emoción muy fuerte,

la piel de gallina,

el ritmo de su corazón al galope.

Oía unas risas, envueltas en perfume de flores,

y una voz de mujer de ojos chisposos

que lo llamaba:

¡Águila que Camiiiinaaaaaaaa

Recuerdos maternales que el viento a veces le soplaba.

Ese remolino, esa voz, ese perfume...

¡Sí! ¡Lo sabía!

Era lo que lo animaba a continuar

por su camino, con su caballo y sus cuentos,

atravesando territorios,

luchando por conseguir

que los pueblos

se diesen la mano

al escuchar sus historias.

Águila que Camina, el pequeño comanche,
era un niño indio que llevaba cuentos
a las diferentes tribus.
Cuentos que **transmitían unión,**
solidaridad,
manos que se entrelazan,
temor vencido.

Cuentos que inspiraban
historias de guerreros que depositan sus lanzas,
que hacían sentir los aullidos de lobo,
el aleteo de alas en la tierra y en el cielo,
águilas majestuosas que observan
y guían nuestro camino.

Al calor de la lumbre,
sus gestos acompañaban historias,
de las que resuenan como un eco.

Con sus manos, Águila que Camina hacía sentir **la luz** de la luna llena,

la brisa del viento, el chisporroteo del fuego...

Mientras con gestos contaba sus historias,

una hebra blanca y luminosa aparecía,

y **unía naciones,** países, continentes.

Un hilo mágico e invisible tejía un

enorme tipi

en el que todos unían sus corazones
y se reunían al calor del fuego.

Al son del tambor y de los cantos de la luna,

todas las tribus

de indios americanos

conseguían que colores diferentes de piel

se fundieran en una sola

y dedos de diferentes tamaños y tonalidades,

se entrelazasen.

El niño del tocado de plumas
y piernas en forma de corazón
continuó su camino por el sendero.

Lo esperaban.

Contaba cuentos.

Cuentos narrados sin palabras...